비로소!
보이는 것은

KB089451

임정남 시집

초판 발행 2016년 9월 30일
지은이 임정남
펴낸이 안창현 **펴낸곳** 코드미디어
북 디자인 Micky Ahn
교정 교열 백이랑
등록 2001년 3월 7일
등록번호 제 25100-2001-5호
주소 서울시 은평구 갈현1동 419-19 1층
전화 02-6326-1402 **팩스** 02-388-1302
전자우편 codmedia@codmedia.com

ISBN 979-11-86104-41-5 03810

정가 10,000원

이 책은 용인시 문학창작 지원금을 지원받아 출판되었습니다.

비로소!
보이는 것은

임정남 시집

Im jung nam

    딸 시집보내던 날 첫 시집 『낮달』로 세상에 문안드리고 한참을 지난 후에 생각해 보니 남에게 보여도 부끄럽지는 않았는지? 얼마 동안 제 시집을 볼 수가 없었습니다. 어느덧 세월 가고 자식들도 걱정 없이 잘 살아가고 우리 부부는 나이가 있어 병원을 자주 가게 되었는데 점점 걱정도 가늘어지고 평온을 찾게 되었습니다.

    둥근 테이블에 내 시를 초대하여 주고받은 대화가 너무 넘쳐서 지우고 자르고 다시 쓰고 하는 동안 두 번째 시집을 생각하게 되었습니다. 시에 대한 갈등이 짓누르고 있을 때, 먼 산을 우두커니 바라보고 있으니 바람만 하얗게 맞으면서 깊은 생각을 하여도 해답을 찾지 못 하였습니다.

    오페라의 거장 바그너가 한 말처럼 발로, 다리로, 머리로, 그리고 가슴으로, 여행을 떠나보려 했습니다. 그러면 기다리고 갈망하는 그 무엇을 찾을 수 있다고, 그리하여 고향을 가서 쉬고 있을 무렵, 여러 생각을 정리하였습니다.

얼마 후 스스로 부름에 응답하듯 서둘러 가방을 꾸리고 잠들지 않는 나의 목장으로 이 여름 시간이 가기 전에 찾아 왔습니다. 이제는 시의 품에서 벗어날 수 없이 깊숙이, 따지고 보면 되레 잘된 일일 수 있지만 가슴은 두근두근 거립니다. 몸속 깊이 이 더운 여름 풍광을 더 오래 감상할 수 있는 여유를 가지려 합니다.

이 기회를 틈타 질 들뢰즈, 펠릭스 카타리의『천개의 고원』을 들척이며 이른 새벽 말갛게 떠오르는 아침 해를 바라보며 나를 통해서만 누릴 수 있는 선물 같은 느낌으로 내 마음을 훔쳐보며 오늘도 즐겁게 생활하고 있습니다.

항시 자상히 보살펴 주시는 지도교수 지연희 선생님 감사합니다. 시계문학 문우 여러분 함께해서 고맙습니다. 늘 잊지 않고 영원한 친구 되겠습니다. 감사합니다.

2016년 가을 어느 날

contents

시인의 말 · 4

작품 해설 | 지연희 · 130
가을의 문턱에 나부끼는 계절의 명패

01 —   바람

봄 편지! 12

내 안에 봄은 있다 13

찾아오는 봄 14

올해도 봄이 15

입춘이 지나도 16

꽃잎 18

봄날 20

봄이여! 21

찬란한 봄날 22

목련 꽃 피는 나무 아래 23

봄은 아프다 24

봄은 흘러가고 25

저무는 봄날에 26

장미 27

청매화 28

연둣빛 바람 30

부채 32

파피리 — 02

36 파피리 불며

38 한여름

40 둥둥 떠 있는 여름

41 여름날

42 무더위

44 비로소! 보이는 것은

46 비 온 뒤

47 긴- 그림자

48 낙엽이 말하는

49 이른 가을 아침에

50 모과

52 잠들지 않는 나의 가을

54 가을날의 향기

55 바람 소리

56 은행나무

57 이 가을

58 나! 여자

contents

03 —— <u>고요</u>

산국화 62

억새꽃 되어 63

가을 문턱에 서서 64

가을은 아리다 65

가을 마음 66

가을 마음 2 67

가을이 저물고 68

겨울 나그네 69

겨울밤 2 70

겨울 산바람아 71

겨울 산사 72

겨울 나무 73

고요가 찾아오는 시절 74

기우는 석양에 75

설 앞두고 76

겨울 어느날 78

골목길을 걷다 보면 79

목소리 — 04

82 달무리

83 그대로 머물러 있었으면

84 오래된 손

86 설익은 목소리

88 추억이 반짝일 때

89 그리운 그곳

90 달빛 친구

92 늘 푸른 나무

93 녹차는 이야기꾼

94 오래된 책들

95 제삿날이 다가오면

96 꽃망울

97 나이

98 깡 보리밥 같은 웃음 흘리며

100 구름을 건너는 마음 2

101 펜

102 들불처럼 번져나가는

contents

05 — 푸른 달빛

그냥 거기 서서 106

틈 107

잠시! 108

저 구름 흘러가고 109

청춘이여 110

굴레 112

둘레 길 113

곤궁한 입 114

두메산골에서 116

달리다 서면 117

노을 빛 노을 118

아직도, 밤인가 봐! 119

뜨락 꽃 마당 120

푸른 달빛을 쳐다보며 122

마음 밖에 서서 124

머무는 이야기들 126

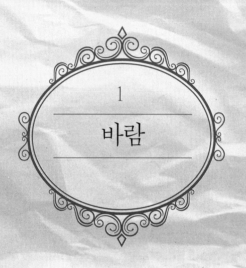

1

바람

봄 편지!

해 바뀌어
새해 인사 편지 보냈건만
봄은 언제나
꽃잎으로 답장이 온다
푸른 글 무성하게
안부 전하면서

다 벗어 부끄러운
그 말 그 글 찍어 보내며
갯가 물총새 휙 날아올라
원고지만 날라 준다

내 안에 봄은 있다

계곡 물이 합장하는 길 따라
매화나무 벚나무 물푸레나무
앞세우고 봄이 찾아오고 있다

천천히 들어서고 있는 빛깔은 다르지만
좋은 인연과 끊임없는 정을 나누며
문살에 파고드는 햇살이 다정하다

오도카니 앉아있는 그 나무는
그렁그렁한 사연 간직한
그럴만한 전설도 있는 것 같은 봄
자꾸만 설레는 가슴은 쿵쿵거린다

찾아오는 봄

산과 들에 쏟아지는 봄날의 햇살
가지마다 힘 밀어제친 푸른 싹은 새봄의 야망인가
산 안에 산에 누구누구 번갈아 왔다 갔나

우뚝 솟은 푸른 잣나무, 솔 나무, 낙엽 송
한량없는 흰 구름 온 골짝 뉘였는데
긴- 겨울 여행 뒤에 돌아온 그는
나무 밑에서 시간 가는 줄 모르고
고향 같은 봄을 만나
어느 순간 그 빛깔 그대로
내개로 쏟아지는 순간
바구니에 연두 글씨 한가득 주워 담는다

올해도 봄이

고요하고 깊고 따스한
산골 움집 처마의 투명한 고드름이 녹고
먹이 찾아 마을까지 내려오던
산 짐승들도 그림자 감추고
계곡에 흐르는 소리! 물
너무 청량해 마음이 설레고
골짝 네 잔설 밑에 노란 복수 초
도톰하게 입 열린다
멍-하게 봄을 불러본다
설레는 마음은 볼 붉은 아이들처럼
안절부절 하고 있는데
"딩동 딩동" 누구세요?
묻지도 않고 문 열어보니
고로쇠 물이 찾아와 냉큼 서 있다

입춘이 지나도

해가
뉘엿뉘엿
넘어가는 산을 바라보면서
노루 꽁지만큼씩 해가 길어진다던
동네 노인네

나무둥치에 물오르는 소리
반지르르하게 생기 돌아도
옷 속을 으슬으슬 파고드는 바람이 맵다

탱탱해진 나뭇가지에
꽃눈 잎눈 봉우리 탁탁 터질 듯
어랑 어랑 한 봄은 얼음물 머금고
노르스름하게 물든 생강나무에 눈물이 고인다

볕이 잘 드는 밭둑에
겨우내 얼지 않고 살아남은 검붉은 냉이
냄새가 짙고 달착지근한 맛으로
화롯불에 보글보글 된장 끓이던
우리 엄마!

봄은 오지만 산속 추위는 어떤지?
살 에는 바람에 홀쩍이며 물어본다

꽃잎

꽃 고름에 싸인 봄
낮에는 활짝 피고
너무 열려서
너무 넘쳐서
밤이 되어도 닫을 수가 없지만
청량한 꽃잎으로 바람도 날린다

지난봄 불타는 화살처럼 살더니
스스로 태워 고통과 상처로
세상에 아픔을 꽃잎으로 덮더니
하얀 잠으로 입 다물고

이 땅에 내던져진 존재들
쓴맛단맛 알게 된 꽃잎은
쓸쓸함이야말로 기다리지 않는
기다림으로 살아가고 있는 듯

벤치에 앉아
바쁘게 쏘다니는 비둘기의
빨간 발을 내려다보며

삶에 대한 두려움이 궁상스러워도
꽃피는 봄, 향기로 다가오는 꽃이어라

봄날

남도 여행에서 돌아온
그 여자 머릿결에
갖가지 꽃향기 달고 왔다
화사한 연두빛깔 가득 담고서

아직!
추위가 깊은 만큼
붉은빛은 더욱 붉다
마침내
봄볕이 북으로 올라 세우는 지금
서두르지 않아도
다그치지 않아도
봄날은 넉넉하다

그 여자의 씻겨 나가는
꽃향기가 아쉬워
여행 가방만 바라본다

봄이여!

잘 익은 봄
꽃잎 흘러가듯 소리 없이 떠나가고
새잎 튼 살구나무 매화나무 살 오르고
길 나선 봄 처녀 허벅지에 질투처럼 눈길이 간다

늦잠 잔 꽃잎은 시간차로 배웅하고
먼저 핀 꽃잎은 길바닥으로 내려앉아
숲길은 연두 빛 물결이 파들파들한다

활짝 화들짝!
논둑 밭둑에 핀 키 작은 꽃들은 아우성을 치는데
포근한 햇살은 바위에 걸터앉아
바람 속 옛이야기 전하고 있다

부도 밭 근처 녹차 꽃 하얀 꽃길 위에 떨어져
돌 하나 꽃 하나 돌탑 위에 얹어 놓고
생각 없이 멍하니 가는 봄을 쳐다보고 있다

찬란한 봄날

들 길 산 길
애오라지! 꽃들뿐이다

차를 타고 가도 좋고
걸어서도 좋다
봄꽃 핀 자리 모두가 예술사

혼자 걸으며
궁상을 떨어도
꽃 마중 하는 동안
너도 봄꽃 하인이다

움츠렸던 마음
활짝 가슴을 펴 하늘 보고 땅을 보니
우리가 봄꽃 이였을 그때나 생각난다

목련 꽃 피는 나무 아래

이른 아침
운동화 끈을 꽁꽁 묶고 달리고 있는데
잡목 사이 우뚝 선 목련
햇살과 바람만 맞이하고 서서
환하게 웃는 목련
심술도 허세도 트집도 부릴 것 같지 않는
둥글둥글한 얼굴은
꽁꽁 얼었던 지난겨울을 잊게 한다
향기로운 꽃잎은
비바람에 꺾어지기도 하고
시들기도 한다
아무리 힘들어도 그 자리 지키며
거드름을 피우거나 멋진 척하지 않는
목련 꽃 피는 나무 아래
잠시 발걸음을 멈춰 서 본다

봄은 아프다

미세먼지에 가려있던
앞산 뒷산
저- 지하
도심
아스팔트 아래에도
넘치는 봄기운이 터-
소리치고

새봄 새로 솟는 힘
땅 들어 올리는
신생의 그 기운이
삶의 각질을 뚫는다

가슴속 사랑을 혼자 소리치고
옳고 그르다를 수첩처럼 뇌이고
허리에 힘주어 버티고 서서
부대끼며 살아온 삶이다

봄은 흘러가고

깊은 산골짝
흰 구름 둥둥
계곡에 물 비친 산 청량하다

산 기운 따라
희로애락이 들락날락한다던
터 잡아 살던 순이네도 떠나가고
밤늦도록 산 비둘기만 구구구구

산 안에 산 목련
넓은 잎사귀에 숨어서 한 송이
다가갈수록 봄밤 깊어져 희미하다

꽃잎 내려 적적하여
산자락을 보니 금방 불꽃 같은 연산홍이
봄을 들이키며 떠나가고 있다

저무는 봄날에

얕은 산에 올라보니
성긴 듯 빽빽한 소나무
고요가 넘치는 누각에
밝힌 향불이 가늘 거린다

바다같이 망망한 하늘
물결같이 흐르는 듯

이 좋은 경치에 머물 사람 누구인가?

가파른 돌 마당을 지나
푸른 물과 넘칠 대는 꽃향기
온종일 애써 다듬은
산채밥상 가득 차려
산새들새 같이 먹고
긴- 베개 둘이 베고
깊이 잠들고 싶어라

장미

울긋불긋 웃음꽃 피게 하는
가슴으로 피는 꽃
생각만 하면
눈에 물이 고이는 그리운 꽃

지금은 창문 밖 담장이 꽃
온 세상 길가의 가장 흔한 꽃
가시 돋은 꽃으로 살아가고 있지만

크고 화려한 것만은 아닌 듯
황사가 날리는 어두운 밤에도
마음을 지키며
둥지에서 알을 품듯
연년생을 유모차에
등짝엔 온갖 먹이 짊어지고
철없이 보이던 파란 이파리
때로는 복사꽃 웃음도 흘리며
용기 있게 살아가고 있는

청매화

봄소식 깊어지고
나뭇가지 끝마다 움 틔우고
청매화 소식 온 지 한참 되었으니
백매화도 하얗게 꽃비 내리고
아침저녁 흘러가는 봄 풍경 제각각이다

햇살은 환하게 웃으며
나무와 풀들을 보듬어 주고
양과 음이 차고 줄기를 되풀이하면서
떨어지는 꽃의 마음을 알아가고 있다

꽃들은 상처를 드러내지 않은 채
눈이 부신 세상을 바라보면서
자연 앞에서 바람을 잘못 읽어
꽃이 움츠려 피지 못하기도 하고
미래에 대한 환상에 젖기도 한다

한 송이 아름다운 꽃을 선사하기 위해
공부가 익어가는 도심 속에서
선물처럼 찾아온 그대가

다소의 소화불량에 시달리면서도

웃음 지으며 오늘도 詩를 쓰고 있다

연둣빛 바람

햇빛 따사하고 상큼한 아침나절
분홍 운동화 신고 봄바람 친구하며
소풍 떠나는 길섶에
연하게 물기 오른 토실한 나무
어제보다 오늘 더 통통해진 꽃망울
아가의 입술같이 탱탱하다

차창으로 비쳐지는 시골농가의 푸근함이
멀리서 물감처럼 흐르는 연둣빛 수양버들
그리움이 짙어가는 조용한 시간
절절이 베어드는 가슴속의 봄
붉은 양귀비꽃 절정이면
연두는 서서히 침몰한다는

계절은 걸작의 미술품을 전시하고
동화 속 배경으로 등장하는 그림처럼
풍경 사이 예술이 옹기종기 지나가고 있다

키 커진 여행자의 봄
주홍빛 하늘이 화려한 노천카페에서

너와 내가 높은 목청으로
목가적인 바람 노래 부르며
엄지를 힘껏 세워본다

부채

대나무와
종이가
몸을 맞대
바람을 낳았다

옛날에는
함부로
쓸 수 없는
신분의 표식
書畵가 두루 담긴
풍류의 상징이었다

사람들의
시선을 피하기도
가리개 역할도
대중적 패션리더로
살아왔다

올봄!
부채는

바람을 빌려
떠다니는 구름을
시방세계에서 초대하여
七旬 잔치를 하였다

2

파피리

파피리 불며

파 다듬다 말고
아이의 마음으로 봄을 돌아본다

땅이 들뜨고
마음도 들뜨는 계절
파피리 불며 창문을 내다본다

벌, 나비 경쟁하듯
사람들은 꽃을 찾아 나선다
전국이 꽃 몸살을 앓는 지금

잠깐 물러나
따스한 차 한 잔을 앞에 두고
봄을 담아 마시며 뉴스를 듣는다
차 향기 속에서
들이키고
내 둘리고
퉁겨져 오르고
부러지고
세월을 교대하며

위장과 가면 뒤에 숨은 민낯이 폭로되고
사물과 존재들이 쏟아져 떨어진다
마치! 봄 꽃 잎처럼

한여름

더위가 쏟아지는 한낮에는
전화기마저 졸고 있다

마룻바닥에 넓은 수건을 깔고
숨소리도 하얗게
강아지처럼 뒹굴고 있다

빨강고추가 주렁주렁한 지금
걱정도 손을 놓고
저기 넓은 들
바람과 푸른 강물을 안아본다

무더위를 지붕 위에 앉히고
8월을 건져 말리고 있는 사이
뒤뜰에 돋아 난 잡풀은 웃자라
숲을 만들었다

말복을 말아먹고
멍하니 입 벌리고 앉아 있으니
잇몸사이로 빠져나간 바람은

하얗게 핀 메밀꽃 한 아름 안고

숨차게 달려오고 있다

둥둥 떠 있는 여름

하늘엔
맑은 수정 같은 파란
뭉게구름 둥둥 떠 있고
땅은
축 늘어진 검푸른 이파리
후끈후끈한 숨소리

그래도
바알간 분홍 꽃
배롱나무에 여름꽃이 한가득 피었다
사람과 나는
한참 꽃을 바라보고 있었다

내일은
이슬 맞은
나무와 꽃들이
여기에 활짝
저기에 싱싱
가득한 아침이 올 거다

여름날

햇빛은 도처에 가득 피어 있고
잎사귀는 세상을 가리운 채
늘 천국같이 보이지만

우거진 숲 속에 평범한 악들
땡벌은 겨누어 세상을 쏘고
벌레들은 새순을 동서남북 갉아 치우고
어여쁜 꽃들이 꺾이어 사라지고
태풍이 찾아와 아물지 못하는 상처를 남긴다

빗물에 쓸려가 버린 시간들은
잊은 그대도 더욱 붉은 장미로 피어올라
푸른 시절 흑백영화는 추억으로 살아나고 있다

무더위

대지 위의 생명들이
엄마 잃은 자식처럼 축 처져 있고

사람들이 빠져나간 도시는
허기진 듯 헐헐하다

잠 못 드는 여름밤을 업고
더위가 새벽달 쳐다본다

지난날
까맣게 잊고 산 더위가
올여름은
태풍이 가로수를 뽑고
강물을 범람시키고
산사태를 일으킨 우리 집에
찾아온 천둥번개는 금방
별일 없는 것처럼 조용해지고
딸은 퇴원을 해서 집으로 갔고
남은 콩 방울만 한 꽃망울이는
방긋방긋 잘도 놀고 있다

달밤에 나선 젊은 별들은

아무 일 없는 듯 반짝이고

여름밤은 깊어가고 있다

비로소! 보이는 것은

먼-길 돌아도 보고
마주 서서 보는 마음이 남다르다

젊은 시절
그는 눈 속으로 드나들더니
마음이 폭풍으로 쏟아지고 있을 때
꽃피는 봄날 우리는 영원 하였다

이기적이든 이타적이든
낙엽 지는 가을 어느 날
복잡 미묘한 감정이 줄타기를 하다가
강물이 동쪽 서쪽으로 흘러가다가
봄꽃 향기 물씬 풍기는
桃園에서 다시 만나
꿀처럼 달콤한 입맞춤으로
긴 여행길에 머물고 있다

그때의 아득-하게 멀-리오는
바람의 말을 기억하며
귀뚜라미 울어 오는 밤

단맛을 잊지 않은 채
벌보다 더 꿀을 그리워하며
마음껏 뛰어오르고
마음껏 번뜩이고
마음껏 날아오르고
마음껏 환하게 피면서
나무처럼 굳어져서 살아가고 있다

옛이야기 혼자 중얼거리며
비로소! 살아간다는 의미가 깊어지고 있는데
벌써-

비 온 뒤

저만치 앞서가는 스님을 따라 계곡 물이 출렁인다
촉촉이 젖은 기와지붕이
텅 빈 것이나 사라진 것을 생각하게 한다
일주문 들어서면
낙서의 공간을 찾으려 두리번거려 본다
실로 많은 것들이 살아가고 있고
세상 밖으로 울려 퍼지는 신음소리 들으면서
사랑하자거나 잃어버린 꿈을 붙들자는 것도 아니다
길을 떠난 아이처럼 더러는
예상치 못한 시련에 얼룩지는 건 참을 만도 하지만
느닷없이 찾아오는 육신의 고통을 지켜 주기엔 너무
늙은 것 같다
까닭 모를 憂鬱에 시달리며
思索으로 보낸 시간을 아까워하지 않는다
저 붉디붉은 노을이 차라리! 아침이었으면 좋겠다.

긴- 그림자

처서 지나
매미 울음소리 하늘에 매달리고
푸른 잎 우거지니 그림자 길다

공감의 키로 열고 들어간
정서의 그림자는
마음이 겹친 시접 어딘가에
열정이 남아 있고
내 시의 안식처는 늘 태어난 자리이다

너와 내가 살아가는 동안
눈물 웃음 곁에 쪼그리고 앉아 훌쩍이며
제 설움에 얼룩이 아롱아롱 져 있는 그림자는
어느덧 하순 달 되어 길게 드리운다

낙엽이 말하는

국화 향기로 시작한 가을
하늘과 바람 하늘거리고
산뜻한 나무 냄새에
가난한 마음은 계절을 넘어서고
초가에 홀로이 앉아
궁상을 떨어보다
서러움이 눈가에 비추고
싸리문을 열고 조용조용
들어설 것 같은 빈 추억이
별빛 드리운 희미한 이 밤
그리움도 있는 것 같은
등 구부려 감동 먼 詩로
바람 소리 길게 우는 이 가을
목이 먼저 메어지는
희망도 꿈도 굳은 이 나이에
크게 소리 지르고 싶다

이른 가을 아침에

맑은 하늘
적당히 흐르는 안개
뽀송뽀송한 햇살 탓에
잘 익어가는 가을마을
바깥 풍경은
나만을 위한 아트홀 같은 미술품을
우리 집 창문 앞에 걸어 놓고

흘러 흐르는 바람 따라
집시가 된 꽃들은 도약과 방랑으로
어디로 날아 뜨거운 인력으로 살고 있을까?
촉촉하고 보시시한 푸른 잎은
머지않아 빨강노랑으로 춤출 테지
푸른 밤 창가에 아스파라거스는 잠들지 않고
꽃처럼 새처럼 당신의 안부가 그리워
감은 눈을 뜰 수가 없어
색깔 속 깊은 색을 가슴으로 펴 본다

모과

산골 마을에 노을이 다가오면
가지마다 리듬을 타고
눈처럼 조용조용히 다행을 넘어
이야기가 주렁주렁 타고 내린다

언제나
동구 밖 외진 곳에서 혼자 놀고
시장에 가도 등 뒤에 얼찐거리는

함부로
욕을 하거나 모욕을 주는 이 없는데
어찌 주눅이 드는

몸과 마음이 청정하여 때가 있지 않아도
깨끗한지도 모른다

네 안에 숨죽인 그 모난 단어들이
다치게 했음을 아는 이 없다

심한 말이 숨소리 밖으로 퍼졌을 때

걷어 들일 이유를 아무도 느끼지 않는다

실패의 미학을 드러내지 않고
섬세한 감수성이 있어도
좀체로 꺼내지지도 아니하고
오해를 여러 차례 읽다가 검게 탄 후에야
생전 처음 큰 소리로 펑펑 울었다

잠들지 않는 나의 가을

가을 색이 저물고
살포시 그림자 되어
겨울이 가을 위에 내려앉고 있다

분주히 움직이는 세상을
가만히 들여다보면
냄새와 소리가 자작거린다
볕이 누그러지고
자연의 색이 바래고
찬 기운이 단풍을
떠들썩거리기는 하지만
지는 낙엽은
가을바람을 원망하지 않는다

매운바람도 맞으며
비탈밭에서 목화 꽃 광주리에
낭만을 느끼던 시절
아련한 추억에 잠시 쉬어간다

분주함과 들썩거림이 깊은 가을

잘 익은 홍시가 이엉 속에서 깊이 잠든 사이
숲길에서 만난 도깨비바늘이
바지자락에 붙어 정신을 차리게 한다

가을날의 향기

새벽
불빛이 이는 환한
산 아래 동네
가을이 가득 내려앉고 있다

이제 막
구름이 바다 되어 가득하고
여명의 빛이 불그레
하늘을 적신다

앞산자락 퍼지는 밝은 빛은
물들기 시작하는 단풍으로 가고
까막까치들 은행나무에 앉아
철들기 시작하는 새끼들에 문단속 이르고
시려운 손 비비며
버티고 서서
겨울 준비에 바쁜 다람쥐를 바라본다

바람 소리

허공을 쳐다보니 고추잠자리 저어 날고
들국화 피어 두근거리고 흔들리는 계절
그대들이 짊어진 꽃의 무게는
아슬아슬 밀리는 파도처럼
숨을 고르기 위한 밀물 같다
자신의 무한한 가능성이
낭만 街의 단풍처럼 번지고
나我라는 꽃이 피는 산기슭에
철마다 많은 이야기가 피어나고
차가운 바람이 이는 지금
뜨거운 격려의 말은
그대들의 머릿속에 내리치는
죽비의 따끔한 교훈으로
미래의 꼭짓점을 찍어 주는 것
째려! 결승점을 향해 달리는 그들을 바라보면서
이른 바람 소리 초봄에 태어나지 못해 길게 울어 댄다

은행나무

창문 앞 은행나무 높은 가지에 집을 짓고
아침마다 우는 까치 두 마리
허공을 받치고 서 있는 은행나무
투쟁도 없이 비바람 함께 산다

세월에 기대선 은행나무
우리가 나누었던 수많은 입김들과
우리가 흘렸던 눈물들의 무게가 높아지고

오늘은 목련꽃 노래하며
'젊은 베르테르의 편지'를 읽고
낭만을 얘기하던 그 시절 그때를 생각하며
별처럼 반짝인다

저물어 가는 노을을 바라보면서
오늘도 창문에 기댄 채
서리 맞아 더욱 선명한 은행잎을 보면서
잠시 집 떠난 까치 한 마리 기다리고 서 있다

이 가을

걸으면서 토닥토닥 빗소리에
실솔蟋蟀 섞이는 소리
조용조용 열매는 야물어지고
풍경을 눈 속에 담고
숨소리 헉헉 단풍 헤치면
약수 물 한 바가지 가슴에 길러
꽃 가을 차가운 길 걷는다

나뭇잎 익으면 수면으로 누워
낙엽으로 뒹구느라
서로라는 꽃 진 뒤에나 아는 우리들
으슬으슬 한기 든다

하늘에서 별 뜨면 땅에도 별 뜬다
산도 가파르고 사람 속도도 가팔라진다
여기 넘으면 또 산
부쩍 짧아진 해가 산을 머뭇거린다

나! 여자

싱그러운 여름날
설렘으로 산
진분홍 립스틱으로 그림 그리고
별빛 흐르는 가락지는
순도 높은 사랑으로 기억하면서
너풀거리는 치맛자락엔
옛이야기가 넘치고
잘 꾸며진 납작한 구두를 신고
막 꺾은 들꽃을 한 손에 움켜쥐고
어깨엔 진한 핸드백 메고
그림자 챙모자 얹어 쓰고
실룩샐룩 여름을 날리고 있다

다양한 외피에 감추고 있는
노골적으로 드러난 풍경 속에
문득, 거울을 들여다보며
신의 저주로 궁핍해진 나무들은
지나간 세월은 세지 않고
회색 먹구름이 자욱하다고 탓하면서
반짝거리는 윤기만 바라고 있다

시간이 흐를수록
자연과 세상과 조화를 이루며
마음속의 그 치렁치렁한 감정의 너스레를 지나
존재 너머에 자존과 양심을 찾는다

3

고요

산국화

황량한 바람 하늘을 날고
가을 마음 산야에 가득 내려앉고
향기 있는 들국 서리에 반쯤 늘어지고
산비탈에 핀 노란 국화

가을을 만나 온몸 반짝이며
가을 한가운데 들어서서
잠 못 이루는 수많은 밤

어둠과 그늘을 거쳐 왔으나
그리움은 불타는 화살처럼
소란하고 시끄러움 가운데
가끔씩 고요를 만난다

후드득
산 단풍 기척에 창문 열어 보니
다람쥐 언제 와 이슬 따서 먹고
온종일 시만 쓰다 간 가을 국화

억새꽃 되어

가을이 피었습니다
억새꽃이 찾아 왔습니다

메마른 땅에 뿌리박고
반듯하게 줄기 곧추세워
화전민의 애끊는 숨소리
억새꽃 되었습니다

산자락에 하염없이 뒤엎은 억새
살다가 살다가 마르고 말라 버린 눈물
머리가 온통 백발이 되었습니다

볼품없는 꽃 억세게 살아남아
아침 햇살 받아 눈가 이슬이 반짝입니다
천 년 전 한 서린 여자의 울음소리
억새로 사는 게 억새의 운명이었습니다

바람에 흔들리는 온 세상
눈 부시는 은빛 물결
장단 맞춰 걷다 보면 흥얼흥얼
어느덧! 너울춤을 추며 허공 속으로 날아갑니다.

가을 문턱에 서서

마음은 하늘바다 구름에 앉아
가을을 받아먹는 갈가마귀 떼

참새 수보다 더 많은 군중들은
길 위에서
두고 온 사람들에
부쳐줄 주소를 찾고 있다

보이지 않는 하늘 깊은 곳에서
가을 바다를 넘나드는 구름이었다가
강가를 헤매는 나비

쓸쓸하고 차가운 가을 떼 까치들
탄식 같은 깨달음으로
누런 들판을 서성이며 오르내린다.

가을은 아리다

하늘은 높고 푸르다
푸른 물이 익어 번져가는 가을
그 하늘아래 만물은 파닥인다

고상해 가며
청량해 가며
울컥울컥한 지난날을 새겨본다

너도 아프고
나도 아프다
마음을 삼키며
울음을 중지한다

시름시름 앓다가 일어나 보니
정신없이 가는 세월이
앞장서서 낙엽을 밟고 서 있다

가을 마음

겨울철 바다만큼
쌀쌀한 바람이 스친다

낮 동안은 잘 익은 과일처럼 달고
깊은 가을은 낭만을 즐기기엔
단풍 맛 같다

몸속 피 말고 단감 같은 향기 있는
강물 흐르는 날도 있다

때로는
창백했다가
붉은 장미처럼
진한 파도도 인다

눈물처럼 후 두둑
떨어지는 낙엽 말고는 아무도 없는데
뻐꾸기 소리에 빗물 흐른다

가을 마음 2

아침이 창문을 열고 찾아와
어디 멀리 떠나가고 싶다고

단풍 든 이 계절
오색이 짙어지니
온 강산이 울긋불긋
저절로 思索이 깊어져
가슴이 병을 찾아 앓는다

침묵은 시작되고
갈대 바람은 불고
까막까치는 날고
가을바람에 잘 익어가는
가을은 웃고 있지만
낙엽 같은 마음은 감출 수 없다

가을이 저물고

겨울을 말하기에는 이르고
시선을 돌려 초록을 들여 다 보면
가까이 다가온 겨울을 느낀다

온 힘을 다해
노랗거나 붉게 치장한 이파리들
이별 고 하고
사나운 바람 따라
길바닥에 줄줄이 누워 데굴데굴 거린다

가을 끝자락에
아쉬워하는 우리 마음을 대신 해
가지에 매달린 몇 개의 잎은
무성했던 때를 기억하며
힘주어 서서 떨고 있다

낙엽은 초라한 발걸음으로
겨울을 향해
뚜벅뚜벅 쉬지 않고 가고 있다

겨울 나그네

누구의 소유인지도 모르면서
아름답고 깊게
세상의 모든 꿈을 그리는 화가
가볍게 떨어져 쌓이고
윙윙 소리 내면서
바람몰이로
나뭇가지에 구슬을 달고
빌딩도 짓는다
너의 희고 고운 얼굴로
자연이 택한 길을 묵묵히 걸어가면서
말수는 적고
말은 느리고
눈빛은 선하고
표정은 해맑은 새
雀춤이로다
솔바람 소리 흰 구름 파란 달
한 숟갈 자연을 퍼마시니
한 모금 찻물이 道人이 된다

겨울밤 2

어슴푸레하고
바람 소리 윙-윙-

한밤중에 솔바람 소리 들으며
차 끓는 물 기다림이 길어지고
차 마신 뒤 자옥한 연기
창문에 얼룩진다

오늘처럼
추위 안고 들어오는 긴 그림자
따끈한 차로 달래어 본다

한참 만에
달그림자 하늘 한가운데 떠올라
찻물 가득한 찻잔에 비친 모습
겨울 속에서 얼쩡거린다

겨울 산바람아

맑고 투명한 그대의 영혼
겨울 산에 해 저물고 있다

기러기 나래 접고
찬바람 길게 귀 막이 하고 북으로
그는 잎사귀 푸른 날 돌아온다고

산호 빛 저녁놀이 어느새 해넘이하고
달빛은 소녀의 미소처럼 가슴에 어리고
저물어 가는 겨울 산을 바라본다

보고 싶어라
그리워라
우거진 여름 산을 생각하며…

잎사귀 떨어지고 알몸이 된 나무
풍진세상 맨몸으로 맞서는 그들

흘러내리는 바람과 함께
혼이 올랐다 넋이 내렸다 하는 사이
꿈결같이 해 떨어졌다

겨울 산사

뽀드득 뽀드득
산사는 말없이 길손을 맞고
주렁주렁 매달린 고드름 사이로
스님의 독경 소리
빈산을 울리고
푸른 달빛은
지붕 위로 떨어진다

잣나무 바람 소리 우수수
꿈꾸다 놀란 학이 달아 날 즈음
화롯가엔 차 달이는 김이 오르고
맑은 차 한 잔에 모든 시름 흘러간다

겨울 산사는
어제가 오늘이듯 오늘이 내일이듯
그저 그렇게
조용히 수행에 몰두하면
부처 아닌 자 어디 있던가?

겨울 나무

무성하던 잎
남김없이 떨군 나무
거친 맨살 드러내고
살을 에는 바람이
살을 찢는다

말 없는 침묵과
생각에 잠든 계절
앙상한 가지 위로
길 잃은 새 한 마리
무심히 날아 앉는다
허기진 그림자 아래
멍청하게 앉아 있다

들녘에 홀로 선 나뭇가지 위로
겨울이 흘러가고 있다

고요가 찾아오는 시절

돋보기안경이 눈을 가린다

까만 깨알들이 술렁거린다

하얀 하늘엔 이야기가 사라진다

닫힌 창문가로 귀가 염탐을 시작한다

바람이 차를 몰고 전봇대가 소리친다

검은 나무에 자 벌레 성큼성큼 찾아준다

틈만 나면 고요는 방문을 열고 이곳저곳을

그림자처럼 찾아다니고 있다

고요는 서늘하게 얼굴을 만지면서

소음과 잡음도 한때이니

고요 속에 감 꽃 떨어지는 소리를 기다리라고.

기우는 석양에

계절 따라 물색이 달라진

강과 바다를 바라보며

저 멀리 바다 너머로

해가 넘어가고 있다

해지는 노을이야말로

장엄한 일출이다

누가 눈치채거나

느낌으로 알아차린들

안개비 자욱하게 깔린 저녁노을

적막 광경이 수채화 되어 일렁인다

설 앞두고

마음도 집안도 꺼내어 설 청소한다고
비를 기다린다
우리 집 추억 같은 보물
반은 보따리 싸야 한다는 딸의 말을 기억하며

청소기로 어제 생각 날리고
빗자루로 장롱 틈 사이 낀
옛 그림자 걷어내고
창문 사이 물린 휘파람소리
상상을 초월한 카오스를 훔쳐내고

서랍 속 낡은 편지
엄마 생각 털어 내다 다시 불러오고
묵은 종이 버리려다
그 사람 글 그 자리 되 뉘고
옷장 속 자식 그림자 던졌다 집어넣고
유행 지난 옷가지 젊은 기억 멈추어
그 자리 그냥 세운다

미운 정

고운 정

그리운 정

추억 솟는 기쁨이 당신들이지만

살아가는 일부로 생각하면서도

흘렸을 땀의 마음을 알기에

이별의 악수를 해야 하는데

여전히 소박함도 아닌

먼지 같은 애정이 날가리 되어

미궁 속에서 헤매고 있다

겨울 어느 날

꽁꽁 언 계절
나비 떼 날갯짓 같은 눈발 속에서
눈송이 춤을 춘다

빙 둘러 돌아가는
불자들의 목탁과 염불 소리
불길에 싸여
눈발인 듯!
꽃 이파리인 듯!
흩날린다

기약도 없이 날아오르는
보이지 않는 아픔의 기억들이
기도 소리 저-멀리 울려 퍼진다

고승의 다비식을 바라보면서
허공 속으로 달아나는
너의 이상이 우수수 떨어지고
불길에 싸인 너의 번뇌가 훨훨 날아가고 있다

골목길을 걷다 보면

차가운 벽돌 사이사이
퀴퀴한 냄새가 스멀스멀
고향스러운 친근함에
하늘로 삐죽삐죽 키가 더 커진 늙은 나무

긴 세월에도 변함없이 제자리 지키는
저물녘 돌담길 그림자 길게 늘어뜨린
주홍빛으로 물드는 환상적인 풍경이 보인다

강렬한 햇빛 사이
서늘한 바람이 키우고 간 텃밭에
빨강 고추가 주렁주렁
두터운 그늘에 들고양이
기지개 켜며 날을 세운다.

그 옛날!
지붕 위에 매달린 박 오랜 세월 흔적을 품고
푹 삭은 이엉 냄새는 향긋한 향기를 느끼게 하고
한적한 골목에 울컥한 그리움을 삭히고 있다

4

목소리

달무리

평생 다닌 울퉁불퉁한 산길에서
비에 젖어 낡아 빠진 저 누각 아래
보리수나무 촉촉하고
언제 벌써 파란 하늘 뜬구름
산 아래 동네 굴뚝 연기 멀리 보이고

달 비친 곳
어제 사람들 그리워
자꾸만 말을 잃어가고 있다
우수수 떨어져 흩날리는 낙엽처럼
꽁꽁 언 계절
눈발 속에서 부옇게 그리움이
달무리 되어 보인다

그대로 머물러 있었으면

뒷산
돌계단 산 정상 오르니
구름은 내 가슴을 묻어 버리고

산 비둘기 구구구
푸른 하늘 날아오르고
솔가지 어른거리는 앞산을 바라보니
어릴 적 보이던 그 산은 어디 가고
희미한 낮달만 혼자 떠 있다

숨 크게 쉬어
머물러 움켜쥘 수 없는 것
하얀 마음 드러내 놓고
덧없는 자세로 하염없이 흔들리고 있다

오래된 손

새벽부터 하루 종일
이불 개고
창문 열고
밥 해먹고
공부도 하고

———

애오라지
짧고
뭉툭하고
두텁고
거친 손을 보면서
살아온 전 생애를
위로하고
꾸짖지 아니하고
다툼질 아니 하고

어쩌면 위대하고
어쩌면 터무니없는 손
천사의 세례명을

지옥의 아수라를 생각하면서

세상의 긴 행렬에 앞장선
그 손이 거쳐 온
애욕과 존경과 통증의 역사가
쓸쓸하게 다가오는
개미굴 느낌을 지울 수 없지만
뜨거웠던 함성이 묻혀버리고
이슬빛으로 물러앉는다

설익은 목소리

안개로 열리는 아침이면
지나간 가을 생각에
사과처럼 달던 시절이 떠오른다

낮 동안 따스하던 대기가
차가운 밤하늘 추위를 느낄 때
그녀의 별자리를 찾는다

시집보내던 날
생각이 하얗다 까맣다 하시던 어머니
놓으면 터질까
불면 날아갈까
애쓰시던 그 마음
세월 흐른 후
곳곳에 흉터 되어 가지마다 걸려 있다

공허했던 공간에
수돗물처럼 쏟아지는 당신의 이야기는
마음으로 전해지는 진동이 너무 커
골짜기마다 가득하다

무제의 시간에 살고 있을 수난의 부처는
오늘도 거기 앉아서 "나 괜찮다"
"너 잘살아라"고 말씀하신다

추억이 반짝일 때

한밤중에
하늘에 밝은 달은 세상을 비추고
별빛은 머리 위에 내려와 반짝이고
정지된 과거들이 움직이고

아름답던 그 날들은
그 옛날 그리움으로 파고들어
지나간 시간들은
눈앞을 팔랑거린다

센 바람은 어느 곳에나 불고
순정의 물결은 언제나 변함없는데
어둠 속에서 육신은 불꽃처럼 타오르고
숨겨져 있는 수많은 별들이
개똥벌레처럼 밤 안에서 더욱 반짝인다

그리운 그곳

산중 깊은 곳
절간 같다던 우리 집
보리수나무 아래
노랑 검은 줄 다람쥐 한 쌍
나무 위로 달아난다

밥 짓는 연기
와글와글 소리 끝난 지 오래이고
텅 빈 마당에는
옛 이야기만 수북이 자라고
깡마른 겨울 햇살이
지붕 위에 서성이고
까치구멍 속 곶감이
바구니에 가득하던
시절이 울컥울컥 거린다

바쁘게 다니시던 어머니 종종 걸음도
빈 나뭇가지에 바람만 왔다 갔다
날 저물어 저 앞에 선 노을이
떠나지 못해 머뭇머뭇 서 있다

달빛 친구

비 그친 초저녁
커튼 사이
파란 달빛이 흐른다

검은 구름은
온종일 비가 내리더니
가야 할 곳 가지 못하고
못 간 곳도 안 간 곳도 아닌 지금
희망과 절망을 비대칭으로
하염없음을 비 저쪽에 핑계 삼으며
달빛 속으로 투정부려본다

여기에서 저기로
저기에서 여기로
움직이는 파란 마음에
초록 골짜기 토끼 같이 달려도 봤다

달빛 흐르는 이 시각
사랑이 처음 보채던 그 시절
이유 없이 서성이던

달빛 속 추억이

내 꽃 피던 날 이야기하며

지붕 너머로 스르르

고승 같은 산자락에 고요만 가득하다

늘 푸른 나무

세상에 만난 모든 사람들 봄을 맞이하듯 푸른 웃음 주고
까딱하면 고목되기 쉬운 숲 속의 다람쥐 마냥 깡충깡충
뛰면서
자신감이 넘쳐 세상의 유쾌한 악보처럼 위로를 주었다
눈부신 내일을 상상하며 가로세로 달리면서
밤이 오면 직각으로 구부리고 꽃을 따는 봄 나무가 되어
젊음을 통째로 끝없이 흐르는 과즙으로
인생을 덧칠하며 꽃들이 세상을 덮을 때 늘 푸른 나무가
되었다

녹차는 이야기꾼

날이 추우면
다로에 불 피우고
茶 맛을 음미하다 보면
창밖에 단풍잎 내린다

침묵과 향기
붙잡기, 놓아주기
깊은 내면을 연다
한 잔, 또 한 잔, 다시 한 잔
존재의 외로움을 밖으로 보낸다

친구들과 함께
세상 시름 흐르게 하고
서두르지 않고 침묵하면서
꽃과 하늘을 바라보면서
위장이 사라진 공간에서
눈으로 마음으로 느낌으로
끝없이 주고받는다

오래된 책들

푸른 하늘을 가르는 깃발처럼
여러 전집은 바람같이 고개를 넘고
책 속에는 멋지고 세련된 사람들

금빛 물결 출렁이는 신세계는
소녀 같은 마음을 두근거리게 하고

지금까지 저 구석지에 앉아 있는
바래진 책들을 빙 둘러보며
버리지 못하는 수많은 사람들
필요하면 부담 없이 기댈 수 있는 존재
절대 가볍지 않는 옹골차고 다부진 친구
나와 똑같은 얼굴로 먼저 살아간 사람들
봄꽃처럼 활짝 웃으며 행복을 가져다준다

제삿날이 다가오면

문득 가보고 싶은 엄마 마을
멀다 갈 꿈도 꾸지 못한 지난날
지금은 한가한들 찾아가도 반기는 이 없어
끌어안아도 채울 수 없는 그리움
목구멍 침 꿀꺽 삼키며
정신 나간 사람처럼 훌쩍인다

8월이 오면
가만히 떠날 수 있는 유일한 순간
부산스런 승객처럼 바빠진다
마음에 숨겨 둔 못다 한 말이 너무 많아
남겨 두고 간 그림자에 혼자 중얼거리며

이 좋은 시절
엄마가 즐기시던
빳빳한 모시옷에 가르마 한 어머니
아름다운 풍광에 초대하여
차에 모시고 나뭇잎 가르며 한없이 달리고 싶다

꽃망울
– 할머니가 되다 –

태어나 처음 본 오로라처럼

마음속 그려지고 있던 모습이 우주 속에서

톤은 겸허하지만 은근히 조심스레

꽃무릇이 대궁을 쑥 밀고 꽃망울이 쏟는다

지상이 아니고 별 위를 거니는 듯

하얀 마음 다 드러내 놓고 사랑에 빠진 꽃

와락 안지도 못하고 하염없이 바라보는 순수.

나이

나이 들수록
공깃돌 빼앗아 가던 친구
철없던 시절이 생각나고

나이 들수록
저 언저리에 작은 꽃가지들을 보면서
눈물을 바쳐 이룩한 꽃나무가 되어
노을이 쓰다듬고 있다

나이 들수록
달 넘어가는 창가에 가을이오면
곡절이 있는 사람처럼
마루 끝을 서성이는 시간이 는다

나이 들수록
점점 치마 단에 바람이 가늘어지고
겨울나무가 되었다고 한숨 쉬지만
봄 나무로 태어나기 위해
내 안에 밤을 안고 낙엽같이 부시덕 거린다

깡 보리밥 같은 웃음 흘리며

산 벚꽃 우수수 지던 산골
개구리 우는 소리에
밤잠도 설치던 날
산중 다랑이 논
물 담은 뒤에 오는 기쁨
저만큼 감자 꽃 피는 언덕배기
옥수수 무럭무럭 자란다

맑고 깨끗한 물속
푸른 하늘 담고 있다
풀피리 불며 논둑길 걸을 때
바람이 바쁘게 소리치며
오월 신부는
유월 잉태의 기쁨에
뽀시시
분홍 입술을 연다

달리는 저 구름 보며
떨리는 손 흐르는 냇물
두 손 모아 움켜쥐고

찬물 들이키며
물 내려간 저 몸 깊은 곳에서 올라온
형용하기 어려운 텅 빈 냉기
휴~~~

철없고 신나는 꿈처럼
덜덜 떨리는 꿈처럼
싱글벙글 날개 달린 꿈처럼
영원으로 이어지는 세상 속에서
그저 좋고 그냥 좋은 것

구름을 건너는 마음 2

달 비추는 창가에 서서
차 따라 달려본다

어두운 곳, 거기
남루한 쌍용차 식구들
숲 속 잡목에 긁힌 인생
벼랑 끝에서 물러설 수 없어
광화문 어느 길섶
마른나무 되어 투쟁하고 있는 그들
거침없어 보이지만
두려움이 없겠는가

세상살이 어찌어찌 달라도
세상의 그늘을 다 지고 갈 것 같은 그들

춥고 눈 덮인 긴 겨울도 잊어버린 봄
다투어 피기 시작한 봄꽃처럼 환해졌으면

펜

펜 한 자루
머리에서 발끝까지 잘 다듬어진
붉은 글 푸른 글 반짝이며
저마다의 숨어있는 마음을 담아
매일 매일 오색 치마저고리를 짓는다

색동저고리에 묻은 실밥을 떼어 내며
옷감의 결에 따라 인두질하여
설날 아침 널을 힘껏 뛰어오르게도 한다

어떤 때는 서로 부딪쳐 소리 지르고
불려 나가 억울하다고 난동도 부리고
때로는 서로를 이해하고 손을 잡아 악수도 한다

무수한 문장들이 내 몸에 무늬를 만들고
꽃을 달아 눈부시게도 해 준다

들불처럼 번져나가는

어느 날
우연히 구슬픈 연주곡을 들었다
어찌
그토록 오묘한 소리가
신비할 따름이다

온몸에 전율이 일고
저음과 고음이 동시에 흐르는 듯
울부짖음 같기도
모진 바람에 섞인 외침이었다

오가는 바람에 실려
산산히 부서지는 고독이
눈앞에 아득히 펼쳐지는 듯

사실을 망각한 채
하염없이 어디로 떠나가고픈
가방 하나가 들썩 인다

5

푸른 달빛

그냥 거기 서서

떠난 뒤
자신의 뒤에 오는 버거운 나무가
겨울을 날까 걱정한다

저 숲에 애틋한 추억이
깃들어 있는 우리
옷 속으로 스며드는
매운 바람 때문에 아픈 눈 비빈다
트랙터에 통통 튕기는 밀알 받으며
말조차 이상해야 할 만큼 깊은
다시없을 추억을 채곡채곡 담으며
아름다운 순간 마냥 머물고 싶은
아쉬움을 짚어보는 오늘이다

하늘가를 걸어 다니는 새
삶의 무게를 등에 업고
비우고 또 비우면 날아 갈 수 있을까?
까맣게 태운 지팡이에 걸린 추억을
한 장 한 장 넘기면서
한 줌의 먼지를 훅! 날려 보낸다.

틈

언 강
갈라지는 소리 쩡쩡
갈라진 틈새
몇 번 더 얼어붙고
풀리기 반복돼야
봄은 오는가?

언 계곡
숭숭 뚫어 물 흐르는 소리 들으며
살며시 눈 감고
구름처럼 흘러간 봄을 찾아본다
금방이라도
아지랑이 피어오를 것 같은
붉어지는 듯
아직도 끝없는 강물 흐른다

꽉 막힌 마음 밭에 詩는 자라고
세상 살아가는 소소한 일상에도
사색은 일렁인다

잠시!

조용한 사이
문밖서 진한 소리가 나
혹시!
우리 집 초인종이 고장 났나 싶어
재빨리 달려 현관을 여니
맞은편 집 택배란다

나 혼자
소리 없이 웃으면서
어디서 내게 택배 선물이라도
보내지
또! 웃어 본다
이참에
그리운 사람에게 편지라도 써
식지 않는 온기가 흐른다

정미소의 발통소리 보다
더 큰 심장 소리 들으며
내 나이 앞산 자락에 붙어있나
누가 훔쳐볼까
정색을 하며 제자리로 돌아온다.

저 구름 흘러가고

긴- 장마 뒤
숲길 따라 걷고 있으니
멀리서 일렁이는 파란 하늘이 개운하다

걷다가 내려다보면
발끈 솟아오르는 새싹들
내가 금방 쓰다 버린 까만 글씨 같다

뜨거운 햇살 한가운데 서서
빛깔 향기 가득 넘쳐 나는
푸르름에 온통 젖어 갈증을 잊고 있을 때

저 강물에 떨어져 떠가는 누런 잎 새 한 장
기억에서 멀리 밀려나 버린 것 같은
활기를 잃고 쓰러져 가는
그런 존재들이 자꾸만 눈길이 간다

시린 언어들을 캐어 놓고 다듬으면서
낡은 표정으로 가슴에 난 크고 작은 감정을
한 움큼 풀어 놓으면서
저 하늘 끝이 보이나 흘러가는 구름을 바라본다

청춘이여

꽃 보라가 넘치는 계절도 지나고
요란하게 꾸미지 않아도 화려한
무성한 푸른 잎은 넘실거리는데

나, 작은 나뭇가지에 원두막 짓고
요란하고 풍성한 저녁밥 지어 먹고
매일 밤 재미있는 글도 많이 쓰고
올망 쫄망 삐걱 삐걱 잘도 살았다

늘 그리운 봄은 아득하다 생각할 때
물안개에 달빛이 뿌옇게 퍼지고
한낮엔 꽃 무리 반사되어
자주 빛으로 불타오르고

해 넘어가는 저녁놀은 산호 빛인데
푸른 육신은 세월 앞에 무너지고 있지만
늙어 쭈그렁한 나무는 황홀한 그림을
세상에다 자꾸자꾸 그려댄다

푸른 스무 살은 추억을 쌓고

봄밤 이고 오는 앞산 그늘은
이야기를 짊어지고 오지만
그림 같은 푸른 영혼은 보이지 않아
살아 숨 쉬는 매 순간
내일모레쯤 만날지도 모르는
그대 이름을 상상해 본다

굴레

벽을 넘으면 무엇이 있나
더 높은 벽이 기다릴 수도
숨 막히는 모래사막이 펼쳐 있을 수도

사람들은 벽을 가두는 일이라고
넘기 위해 존재한다는 것
갇혀있는 벽을 넘으려고 몸부림친다는 것
갈증과 의지는 힘을 보태어 노력한다는 것
가두려는 자와 갇혀버린 자의
비명소리는 들리지 않는다

애써
창문을 열고 뛰쳐나가 본다
더 이상 숲을 헤매지 않고
숲이 되어 있는 자신을 바라본다.

둘레 길

길은 길로 이어졌고
발길 머무는 곳엔
사찰이나 고개 망루가

샛길은 연결하고 다듬어서
자락은 완만하게 걸을 수 있도록 한
저지대 산책로

물길 숲길 마을길을 걷는 자연 길
사람과 자연이 하나 되어 걷는
어제오늘의 살아가는 이야기 길

형형색색의 지팡이
야단 법석이는 행렬을 보면서
길 끝에 서서
말 없는 길 내려다보며
이름 없는 풀잎도 제각각 반짝이고
살아 숨 쉬는 매 순간
존재 너머에 있는 사람으로 살아간다

곤궁困窮한 입

멈추지 않고 달리면서
무엇을 손에 쥐고 살았던가?
마디마디 힘껏 힘주어
푸른 힘줄 도드라지게 움켜쥔 손
세상의 어떤 것도 놓아라!

눈에 잡히지 않는 뜬구름
헛헛하게 빈껍데기로 날아오르고
넘실대는 환상의 파도를 타는 꿈은
안갯속으로 날려 보내라

공자 맹자의 말씀도
이제는 푸석한 얼굴에 화장 칠이다
서두르지 않고 침묵하면서
철없는 광대에서 맨 얼굴로 돌아오라

그러나
꽃과 하늘과 땅을 놔 주는 일은
얼마나 힘든 일인가
추락은 고통이다

깨닫지 못한 채 도도 속에
내 어린 맘 입에 물고 잠들고 싶다

두메산골에서

저녁놀 붉게 타고
굴뚝 연기는 무럭무럭 세상을 돌고 있는데
멍멍개는 죽어라 짓는다

고드름 사이로 물방울 소리 뚝뚝
라디오는 4대강 흙탕물소리에
고막을 잃은 지 오래다

산골짜기에 토담집 짓고
닭 우는 소리 먼 데서
소나무 다반에 잘 빚은 찻잔에
말차 한잔 마시고 싶어라

달리다 서면

소란을 잃는다
의문을 버린다
어떤 이유도 없어진다

더듬더듬 사방으로
성급하고 서툴던 지난날들
따분하고 지루한 생각 속에서
끈질긴 욕망을 스톱 시켜 보는 것
자연을 온몸에 샤워 시켜 보는 것
그리고
소리 내어 엉엉 통곡해 보는 것
한참 후에 손 털고 일어서는 것

마침내
초록을 입은 여자가 된다.

노을 빛 노을

서낭당 넘어
선산 언저리에 노송 한그루
등에 지고 앉아
한줄기 억새 손에 잡고
썰물처럼 잦아드는 때에
연지 곤지 곱게 찍고
시집가던 언니 생각에
눈시울이 그렁그렁 산마루에 걸려
가시처럼 따가운 통증 소리가
퍼지던 푸르던 날도
낙엽 속에서 머물고 있다

노을 빛 활옷이 거울처럼 환한
낙엽과 낙엽이 서로와 서로에게
삽상한 꿈을 건네주고 건네받으며
높은 가지에 걸터앉은 굽 높은 구두는
하늘을 깔고 앉은 바람 소리에
이르고 싶은 어디에도 펼쳐지던
노을빛 분홍색으로 너울너울 거린다

아직도, 밤인가 봐!

가을에 만나
우린 언제쯤
따뜻하게 피운 모닥불을 바라볼까

눈 감으면 쉽게 사라지는 존재이지만
오직 한 색깔만 바라보는 너이기에
별스럽고 어지러운 말놀이에
한참을 기어가기도 한다

장벽을 타고 내리는
고드름 추위를 견디며
하얀 겨울을 지나고 있다

감정의 토굴 속에서
아메바처럼 기고 있지만
돌아보니 세상살이 곧은 길만 길이더냐
좋은 인연 오래면
녹아 시냇물로 흐르는 우리네
새벽은 멀다

뜨락 꽃 마당

한참 만에 찾아간 시골집
어쩌자고 발 디딜 틈도 없이
뜨락에 봄이 가득 찾아와

쑥 머리 밟을라 고이 뒤꿈치 들고
꽃잎 머리에 받을라 살구꽃 아래로
새색시 그때처럼 가슴이 쿵덕쿵덕
작년에 두고 간 산수유 열매
직박구리, 까치, 참새가 다 주워 먹었나

뒤뜰에 머위가 우산같이 무성하고
장독대 옆 언 땅에 라일락 키워 내고
햇살 볼록이는 담벼락 아래 부추가 키 자랑하고
모개나무가지 초록 이파리 다투어 경쟁하듯
언저리 버드나무 언제 그네 띠 달고
힘주어 굴려도 힘자랑 한참 하겠다

비 내리는 자리마다 다른 꽃들이 왕왕하고
흔적마다 이루어내는 무한 생명의 축제가
또 다른 존재들 만나 이룬 음표들이 호호하고

세상은 여전히

우리집 꽃마당 같다

푸른 달빛을 쳐다보며

뒷산 소나무 몇 그루 벤 자리에
살아생전 터 잡아 놓고
보리수나무
밤나무
불두화나무 심으시고
쓸쓸히 웃음 짓던 우리 아버지

한 해 두 해 세월 가
엄마 먼저 별이 되고
긴 눈물 산소 앞에 뿌리시고
울컥울컥 헛기침 소리
긴 담뱃대로 숨어 삼키시고

일 년 이 년 몇 해 뒤에
이마에 소똥 일고 긴 수염 이슬 맺혀
초점 잃은 눈동자는 세상 밖으로 흘러나고
풀기 없는 옷소매에 땟국이 일고
누런 입새 너덜너덜 힘 빠진 걸음걸이
양반 행세 멀리 도망가-

어느새
치매 바지 적삼 겨울 여름 걸치시고
이산 저산 맨발로 호랑이 울음 울어
치매 날개 거듭 달고 온 동네를 저으셨다

밤마다 불장난에
요강 속에 엄마 찾고
사랑 벽에 그림 그리고
손자 보고 예!예! 하시더니
추운 겨울 멀고 먼 그 강을
맨발로 건너가시었다.

마음 밖에 서서

노을이 은은하게 無常을 노래하고 있습니다

흘러간 지난 세월 돌아보며 아쉬움을 얘기합니다

이루지 못한 꿈이 아직도 남아 있을 거라 생각하며 무명번뇌로 먹먹 거립니다

누군가를 기다리다 한없이 바라보던 황혼의 눈물이 구름처럼 흘러갑니다

쉼 없이 산길을 다투어 정상에 오르던 그리운 그때를 헤매어 봅니다

온갖 시름 둘러싸고 있는 마음은 경계를 넘는 바람이였습니다

이제는 창밖의 새처럼 병들지 않는 몸으로 훨훨 날아다녀야 겠습니다

때마침! 소나무 끝에서 부르는 바람 노래 들으며

내 안에 자유를 얻어 바쁠 것 하나 없이 걸어가고 있습
니다

머무는 이야기들

숲 속에 있는
토박스러운 마을
따박따박한
작은 정을 나누며
살아가는 사람들

구불구불 골목길에는
다람쥐 살고
나작나작 작은 집에는
산토끼 살고
풍경이 아름다운 언덕에는
뻐꾸기 산다

언덕배기 외딴집에는
달그림자만 우거진 채
철 지난 꽃 망태가
혼자 웃고 있지만
고요한 밤 그늘에 서린 추억이
생물처럼 이슬로 뚝뚝 떨어지고 있다

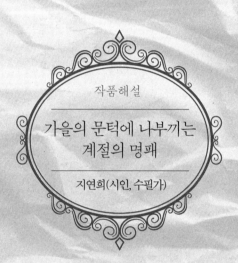

작품해설

가을의 문턱에 나부끼는
계절의 명패

지연희(시인, 수필가)

가을의 문턱에 나부끼는 계절의 명패

지연희(시인, 수필가)

　　임정남 시인이 두 번째 시집 『비로소! 보이는 것은』을 출간
한다. 첫 시집 『낮달』에 이은 결실이다. '기억의 회로를 통과한 언어의
그림들이 각기 제 실체의 본향에서 저벅저벅 걸어와 빛나는 의미를
세우는 기쁨이다.'라고 언급했던 첫 시집이 비추어낸 내면의 흐름으
로 잇는 결과물이다. 느긋한 가슴 밭에서 일구어진 여유로운 사색이
며 관조의 시선으로 통찰한 아름다움이 두 번째 시집의 문을 여는 키
워드가 된다. 사계절에 보내는 헌사이며 시간의 좌표로 던지는 극명
한 현실인식이 불자의 합장으로 놓여있는 시집 『비로소! 보이는 것
은』은 뜨거운 여름 한낮의 땡볕으로 숙성된 달콤한 과실이다.

　달게 익은 과실처럼 성숙한 시인의 시심이 도처에 스며나는 임정
남 시인의 시집 원고를 감상했다. 시인의 시는 하얀 습자지 위에 스
미는 물감처럼 사계절의 변화에 오롯이 감각의 촉수를 여는 맑은 영
혼의 산물이다. 맑은 영혼의 그물로 건져 올린 임 시인의 시는 순연
한 시냇물 소리를 들려주기도 하지만 걸쭉한 감성의 자락으로 내려
치는 죽비 소리도 들려준다. 진솔한 마음의 문으로 열리는 사계절은
꽃으로 답장을 보내는 봄을 맞이하고, 시간을 잊은 그대가 붉은 장미
로 피어오르는 여름과, 떨어지는 낙엽 말고는 아무도 없는 가을의 공

허를, 허공 속으로 달아나는 너의 이상과 같은 겨울의 빈 뜨락 속에 젖게 한다. 젖어서 계절의 시간 속에 숨 쉬는 삶의 편린 속에 머물 수 있게 한다.

활짝 화들짝!
논둑 밭둑에 핀 키 작은 꽃들은 아우성을 치는데
포근한 햇살은 바위에 걸터앉아
바람 속 옛이야기 전하고 있다

부도 밭 근처 녹차 꽃 하얀 꽃길 위에 떨어져
돌 하나 꽃 하나 돌탑 위에 얹어 놓고
생각 없이 멍하니 가는 봄을 쳐다보고 있다
                              – 시 「봄이여!」 중에서

해 바뀌어
새해 인사 편지 보냈건만
봄은 언제나
꽃잎으로 답장이 온다
푸른 글 무성하게
안부 전하면서

다 벗어 부끄러운
그 말 그 글 찍어 보내며
갯가 물총새 홱 날아올라
원고지만 날라 준다

                              – 시 「봄 편지!」 중에서

봄은 생명의 계절이다. 제아무리 무딘 감성의 소유자라고 해도 무심할 수 없는 시간이다. 온갖 씨앗으로 일어선 새 생명의 힘은 닫힌 감성을 거침없이 열고 있다. 신비한 자태로 피어나는 꽃을 바라보는 일만으로도 대다수의 사람들은 생명의 고귀한 아름다움을 체득하게 된다. 임정남 시인의 시 「봄이여!」에서 봄을 맞이하는 시간 속의 시선 또한 풍성한 꽃 잔치가 배면에 깔려있다고 보아야 한다. 다만, 이를 생략하고 '잘 익은 봄이 꽃잎 흘러가듯 소리 없이 떠나가고' 꽃잎이 길바닥으로 내려앉아 있는 그림을 그려낸다. 분명 꽃잎 피어나는 생성의 계절임에도 지는 꽃잎에 대한 측은지심이 애련하게 앞서고 있다. '돌 하나 돌탑 위에 얹어 놓고 멍하니 가는 봄을 쳐다보고 있다'는 것이다. 오늘 임정남 시의 봄은 꽃잎 피었다 '지고 떨어지는' 과정에 더 주목해야 한다. 이 같은 관념은 저물어 다시 돌이킬 수 없는 시간에 대한 탄식이며 허망한 생명의 질서를 들려주고 있다.

'봄은 언제나 꽃잎으로 답장이 온다'는 시 「봄 편지!」의 핵심적인 내용이다. 해가 바뀌어 새해 인사로 보낸 편지의 답신이 봄으로 천지를 흐드러지게 피워내는 꽃들이라는 것이다. 그 향기로운 꽃들의 잎새와 푸른 글(초록의 잎새) 무성하게 안부로 화답하는 일이다. 겨울에서 봄으로 잇는 계절의 변화를 봄날의 온갖 활기찬 기운들로 경이롭게 맞이하는 화자의 상상력은 자연의 질서를 서슴없이 무너뜨리고 만다. 봄날의 모든 현상들을 자신의 지휘권 안으로 끌어들여 인과적 시선으로 관계를 연결하고 있다. '봄은 꽃잎으로 답장이 온다'는 꽃잎으로 글씨를 쓰는 봄의 몸짓을 상상의 세계로 연상하게 하는 이 시는 신세계를 구축하는 아름다움이 내재되어 있다.

햇빛은 도처에 가득 피어 있고
잎사귀는 세상을 가리운 채
늘 천국같이 보이지만

우거진 숲 속에 평범한 악들
땡볕은 겨누어 세상을 쏘고
벌레들은 새순을 동서남북 갉아 치우고
어여쁜 꽃들이 꺾이어 사라지고
태풍이 찾아와 아물지 못하는 상처를 남긴다

빗물에 쓸려가 버린 시간들은
잊은 그대도 더욱 붉은 장미로 피어올라
푸른 시절 흑백영화는 추억으로 살아나고 있다

                              – 시 「여름날」 전문

더위가 쏟아지는 한낮에는
전화기마저 졸고 있다

마룻바닥에 넓은 수건을 깔고
숨소리도 하얗게
강아지처럼 뒹굴고 있다

빨강고추가 주렁주렁한 지금
걱정도 손을 놓고
저기 넓은 들
바람과 푸른 강물을 안아본다

무더위를 지붕 위에 앉히고
8월을 건져 말리고 있는 사이
뒤뜰에 돋아 난 잡풀은 웃자라
숲을 만들었다
                        - 시 「한여름」 중에서

'햇빛은 도처에 가득 피어 있고/ 잎사귀는 세상을 가리운 채/ 늘 천국같이 보이지만'으로 시작되는 시 「여름날」은 '천국 같은' 가면에 싸인 세상을 예시하고 있다. 우거진 숲 속으로 환치된 사람들 삶의 바다에 평범한 악의 무리 '땡벌'이 세상을 쏘고 벌레(해악의 존재들)들은 동서남북으로 새순(순수)을 갉아먹어 치우는 불신의 시대를 그려낸다. 꽃들이(아름다움=순수) 꺾이어 사라지고 태풍으로 찾아와 아물지 못하는 상처를 남기는 형국이다. 결국 시인의 마음 밭에 스며든 여름은 보이는 것과 보이지 않는 것의 모순이다. 다만 흐르는 시간의 더께로 잊은 듯이 붉은 장미를 피워 올리고 푸른 시절 흑백영화의 추억으로 간직된 모순을 반추하고 있다. 무심한 즐거움을 줄타기 하며 눈부신 긍정을 찾고 있는 것이다.

시 「한여름」은 '더위가 쏟아지는 한낮에는/ 전화기마저 졸고 있다'는 여름 한낮의 무력함을 미동이 없는 전화기의 침묵(졸고 있는)으로 확대시켜낸다. 사람뿐 아니라 온갖 사물들까지 의인화하여 견디기 어려운 무더위의 크기를 대치시키고 있다. 그처럼 피할 수 없이 힘겨운 낮 시간 '마룻바닥에 넓은 수건을 깔고/ 숨소리도 하얗게/ 강아지처럼 뒹굴고 있는' 그림이 이 시의 백미라고 해야 할 것 같다. 여유롭고 한가한 피서이다. 어쩌면 매미소리도 들릴 것 같고, 뒤꼍으로 스며와 앞마당으로 빠져나가는 바람의 결이 흐르는 땀을 닦아 주는 상상을 하게 한다. '무더위를 지붕 위에 앉히고/ 8월을 건져 말리고 있는 사이/ 뒤뜰에 돋아 난 잡풀은 웃자라/ 숲을 만들었다'는 의욕을 잃어버린 한여름의 무심을 유유자적한 자유인의 자세로 맞이하는 여유가 있다.

때로는
창백했다가
붉은 장미처럼
진한 파도도 인다

눈물처럼 후 두둑
떨어지는 낙엽 말고는 아무도 없는데
뻐꾸기 소리에 빗물 흐른다
                              – 시 「가을 마음」 중에서

마음은 하늘바다 구름에 앉아
가을을 받아먹는 갈가마귀 떼

참새 수 보다 더 많은 군중들은
길 위에서
두고 온 사람들에
부쳐줄 주소를 찾고 있다

보이지 않는 하늘 깊은 곳에서

가을 바다를 넘나드는 구름이었다가
강가를 헤매는 나비

쓸쓸하고 차가운 가을 떼 까치들
탄식 같은 깨달음으로
누런 들판을 서성이며 오르내린다
― 시 「가을 문턱에 서서」 전문

　시인이 짚어내는 사계절은 한 해의 시간 속에 살았던 삶의 편린들
이다. 이 시간 속에 희로애락이 있고 평생의 삶이 함축되어 그려져
있다고 보아도 될 것이다. 계절의 변화는 피부로 느끼는 생명의 힘,
희망과 열정, 풍성한 결실과 조락의 슬픔, 고독과 인내로 빚는 인생의
사중주라고 해도 무리가 없다. 임정남 시인의 풍성한 감성과 때로는
기도와도 같은 삶의 가닥들로 전하는 계절의 의미들은 일상 속에서
숨 쉬지만 이 평범한 일상이 비범한 의미로 독자 앞에 다가서서 묵
직한 가치를 전하고 있다. 이는 간혹 마주치게 되는 종교적 깨달음과
기도에 이르는 불자로서의 여유이지 싶다.
　시 「가을 마음」은 겨울철 바다만큼 쌀쌀한 바람이 스치는 쓸쓸함
을 공허한 마음으로 그려내고 있다. 무심히 울어대는 뻐꾸기 소리에
도 빗물(눈물) 흘리는 가을의 허무를 짚어낸다. 낮 동안은 잘 익은 과
일처럼 달고 깊다가도, 단감 향기 같은 강물 흐르는 날도, 때로는 붉
은 장미처럼 진한 파도가 일기도 하는 마음 밭을 거닐기도 하는 가을
이다. 이 시가 극적으로 추구하는 메시지는 제 아무리 풍요롭고 단풍
아름다운 가을이라지만 결국 빗물 흐르는 아픔을 피할 수 없다는 눈
물 고이는 허무를 들려준다는 점이다. 슬픔으로 눈물 젖은 고독한 나

그네의 뒷모습을 바라보게 한다.

시 「가을 문턱에 서서」는 '쓸쓸하고 차가운 가을 떼 까치들/ 탄식 같은 깨달음으로/ 누런 들판을 서성이며 오르내린다'는 결실의 가을이 제시하는 깨달음이다. 비록 쓸쓸하고 차가운 계절이지만 누런 들판의 풍요가 있어 서성이며 오르내리는 안식이다. 여유로운 마음으로 가을의 풍요를 만끽하지만 종내에는 길 위에 두고 온 사람들에게 부쳐 줄 주소를 찾는 그리움의 계절 속에 이 시는 스며들고 만다. 하지만 때로는 '보이지 않는 하늘 깊은 곳에서/ 가을 바다를 넘나드는 구름이었다가/ 강가를 헤매는 나비'가 되기도 하는 걷잡을 수 없는 감성의 변화가 중첩되고 있어 화자의 심리가 궁금하지 않을 수 없다. '떼 까치들 탄식 같은 깨달음'의 실체는 '구름'과 '나비'를 넘나들고, 헤매는 동적이미지에 있다. 넘나들고 헤맨다는 의미는 결국 방황이며 '쓸쓸하고 차가운' 감각적 정서에서 벗어날 수 없다. 가을의 문턱에 나부끼는 계절의 차디찬 명패인 셈이다.

어슴푸레하고
바람 소리 윙-윙

한밤중에 솔바람 소리 들으며
차 끓는 물 기다림이 길어지고
차 마신 뒤 자욱한 연기
창문에 얼룩진다

오늘처럼
추위안고 들어오는 긴 그림자

따끈한 차로 달래어 본다

한참 만에
날 그림자 하늘 한 가운데 떠올라
찻물 가득한 찻잔에 비친 모습
겨울 속에서 얼쩡거린다

　　　　　　　　　　- 시「겨울밤 2」전문

꽁꽁 언 계절
나비 떼 날갯짓 같은 눈발 속에서
눈송이 춤을 춘다

빙 둘러 돌아가는
불자들의 목탁과 염불 소리
불길에 싸여
눈발인 듯!
꽃 이파리인 듯!
흩날린다

기약도 없이 날아오르는
보이지 않는 아픔의 기억들이
기도 소리 저-멀리 울려 퍼진다

고승의 다비식을 바라보면서
허공 속으로 달아나는
너의 이상이 우수수 떨어지고

불길에 싸인 너의 번뇌가 훨훨 날아가고 있다
- 시 「겨울 어느 날」 전문

　겨울은 사색의 계절이다. 마음 깊숙이 무엇인가 진중한 의미와 만나기 좋은 겹겹의 옷으로 나를 감싸는 계절이다. 때문에 사유의 깊이에 머물기 좋은 시간이다. 시 「겨울밤 2」는 어슴푸레한 밤의 시간 속에서 바람소리 윙-윙 거리는 창밖의 배경을 명암과 청각적 이미지로 스케치하고 있다. 2연에 이르며 1연의 바람소리는 솔바람으로 구체화되어 창문 밖의 풍경이 창문 안으로 들어와 차를 끓이며 기다리고 마신 뒤의 과정을 보여준다. 그곳엔 '오늘처럼/ 추위안고 들어오는 긴 그림자/ 따끈한 차로 달래어'보는 긴 그림자의 존재에 주목하지 않을 수 없다. 4연에 이르러 실체화 되는 달그림자는 찻물 가득한 찻잔에 담겨 겨울 속에서 '얼쩡거리고' 있는 모양새다. 보물찾기하듯 은유해 놓은 겨울밤의 기다림은 '찻물 가득한 찻잔에 비친 모습' 속에 있다. 찻물 끓이며 기다리던 남편이 귀가하여 마주 앉아 차를 마시는 과정이 달그림자의 실존이라고 보아야겠다. 따뜻한 겨울밤의 풍경이 달빛에 어리어 흐르는 아름답고 선명한 그림이다.

　임정남 시의 전반적인 흐름을 유추해 보면 한 가지 특징적인 부분이 드러난다. 이는 매우 바람직한 강점이라고 생각된다. 대부분의 시에서 나타나는 독자와 만나는 첫 대면인 첫 연의 명증한 그림이다. 시 「겨울 어느 날」에서도 '꽁꽁 언 계절/ 나비 떼 날갯짓 같은 눈발 속에서/ 눈송이 춤을 춘다'는 의도를 감상하면 느낄 수 있다. '꽁꽁 언 계절 나비 떼'로 눈송이를 곤충인 나비로 환치시키며 눈발의 나부낌을 날갯짓으로 극대화 시키고 있다. 결국은 첫 연의 마지막 행은 눈송이가 춤을 추게 되는데 이는 나비가 춤을 추는 이중적 구조를 지니게 된다. 그러나 이 시의 핵심적 메시지는 '빙 둘러 돌아가는/ 불자들의 목탁과 염불소리/ 불길에 싸여/ 눈발인 듯!/ 꽃 이파리인 듯!/ 흩날린다'는 고승의 다비식 과정이다. 고승의 다비식을 바라보면서 허공 속 너(화자 혹은 세상의 모든 너)의 이상이 우수수 떨어지고 불길에 싸인 너의 번뇌가 훨훨 날아가 깨우침에 이르게 된다. 첫 연의 나비가 눈송이로 날아오르듯이 허공중에 날아가고 있는 이상과 번뇌가 사라지는 무소유의 경지에 이끌리고 있다.

먼-길 돌아도 보고
마주 서서 보는 마음이 남다르다

　　(중략)

그때의 아득-하게 멀-리오는
바람의 말을 기억하며
귀뚜라미 울어 오는 밤
단맛을 잊지 않은 채
벌보다 더 꿀을 그리워하며
마음껏 뛰어오르고
마음껏 번뜩이고
마음껏 날아오르고
마음껏 환하게 피면서
나무처럼 굳어져서 살아가고 있다

옛이야기 혼자 중얼거리며

비로소! 살아간다는 의미가 깊어지고 있는데

벌써-

-시 「비로소! 보이는 것은」 중에서

안개로 열리는 아침이면

지나간 가을 생각에

사과처럼 달던 시절이 떠 오른다

(중략)

시집보내던 날

생각이 하얗다 까맣다 하시던 어머니

놓으면 터질까

불면 날아갈까

애쓰시던 그 마음

세월 흐른 후

곳곳에 흉터 되어 가지마다 걸려 있다

공허했던 공간에

수돗물처럼 쏟아지는 당신의 이야기는

마음으로 전해지는 진동이 너무 커

골짜기마다 가득하다

무제의 시간에 살고 있을 수난의 부처는

오늘도 거기 앉아서 "나 괜찮다"

"너 잘 살아라"고 말씀하신다

　　　　– 시 「설익은 목소리」 중에서

　시 「비로소! 보이는 것은」의 언어를 통하여 간과할 수 없는 의미는
'이제야 느낄 수 있다'는 의도이다. 삶을 어느 정도 살아낸 사람들이
체득할 수 있는 함께하는 대상에 보내는 새로운 발견이며 신뢰이다.
'이기적이든 이타적이든/ 낙엽 지는 가을 어느 날/ 복잡 미묘한 감정
이 줄타기를 하다가/ 강물이 동쪽 서쪽으로 흘러가다가/ 봄꽃 향기
물씬 풍기는/ 桃園에서 다시 만나/ 꿀처럼 달콤한 입맞춤으로/ 긴 여
행길에 머물고 있다'는 온갖 희로애락 섭렵한 노년의 사랑이다. 지나
온 먼-길 시간을 돌려 돌아도 보고, 오늘 주름진 얼굴 마주 서서 보
는 마음이 남다른 '비로소 보이는' 인생길을 살아가고 있는 것이다.
다만, 비로소 살아간다는 의미가 깊이를 더하게 되는 이 시의 마지막
행의 여운은 '벌써-'라는 부사가 시사하는 의미에 있다. '벌써 주어진
시간이 다 흐른거야?' 메아리처럼 울림을 주는 이 언어는 유한의 시
간에 대한 안타까움이다.

　자식에게 어머니의 존재는 평생의 그리움이며, 평생 갚지 못 할 빚
으로 연연하는 마음속 아픔이다. 시 「설익은 목소리」는 어머니 그리
움을 겹겹의 이야기로 추억하는 시이다. 어느 날 문득 '낮 동안 따스
하던 대기가/ 차가운 밤하늘 추위를 느낄 때/ 그녀의 별자리를 찾는
다'는 그녀로 지칭되는 어머니 생각에 젖어들고 있다. 딸을 시집보내
며 '생각이 하얗다 까맣다' 하시던 어머니는 '놓으며 터질까, 불면 날
아갈까' 애지중지 키우시다가 걱정스럽기도 기쁘기도 한 속마음을

드러내신 것이다. '수돗물처럼 쏟아지는 당신의 이야기는/ 마음으로 전해지는 진동이 너무 커/ 골짜기마다 가득하다'는 그리움이 되어 부처님의 설법으로 안위를 삼게 된다. 무제의 시간에 살고 있을 수난의 부처가 건네는 말씀이다. "나 괜찮다" "너 잘 살아라"라는 부처님의 경전은 어머니 말씀을 대신하고 있다.

　임정남 제2시집 읽기를 마무리 한다. 시인은 평상시 평범한 일상 속에서 호흡하지만 詩의 세상에 진입하면 끝없는 상상과 감성으로 별개의 세상을 구축하게 된다. 남다른 마음의 여유와 생각으로 창조적 언어의 집을 짓는 임정남 시는 첫 시집에서 보여준 순수의 빛을 뛰어넘는 성숙한 언술로 새로운 시세계의 경지에 진입하였다고 믿는다. 5부로 나누어진 총 84편의 시들 모두 각기 지니고 있는 색채로 영롱한 숨을 쉬고 있어 다채롭다. 미처 거론하지 못한 시들 중에는 시 「잠시」 「굴레」 「마음 밭에 서서」 「틈」 「곤궁한 입」 등 좋은 시가 많아 독자의 시선 가까이 접하지 않을까 생각된다.

비로소!
보이는 것은

임
정
남
시
집